하늘 연꽃

하늘 연꽃

김정묘 시집

개미

　발이 달린 나무는 걸었다. 어디로 갈 지 몰라 진흙 구
덩이에 빠져 허우적거리는 나날이었지만, 하늘의 별이
꽃이 되기를, 땅의 꽃이 별이 되기를 꿈꾸었다. 폭풍우,
눈보라 폭설에 갇히기도 하고, 물그림자 아른대는 얕은
여울에 첨벙대기도 하며 나무는 걸었다. 마침내 다다른
곳은 사막. 나무는 모래 속에 묻힌 발을 꺼내들 수 없을
정도로 기력이 다했다. 햇빛이 모래알 때리는 소리를 들
으며 속이 텅 비어갈 즈음, 나무는 불을 일으켜 스스로를
태우고 재만 남겼다. 위대한 영혼이 세상을 둥글게 만들
어, 해면에서 하늘로 뛰어오른 개구리들이 비로 내리고
나무의 잿더미에서 싹이 돋아났다. 하늘의 별이 꽃이 되
기를, 땅의 꽃이 별이 되기를 꿈꾸는, 우기가 시작된 것
이다.

세 번째 시집을 묶는다. 두 번째 시집을 내고 스무 해가 흘렀다. 되돌아갈 수도, 질러나갈 수도 없는 시간의 길에서, 고통 앞에 던진 막막한 물음들이 모래알이 되고 잿더미로 발효되는 시간은 얼마나 걸릴까. 잿더미가 꽃이 되기를, 모래알이 별이 되기를 꿈꾸는 발효의 향기가 세상을 둥글게 하는 위대한 영혼이라고 믿고 싶다.
　시집이 나오기까지 힘을 실어주신 모든 인연에 감사드린다.

2014년 경칩을 앞세우며
김정묘

하늘 연꽃
차례

2부

3부

4부

1부

폭설

한 입에 달을 삼키고
저 어미새

둥지 가득
저 어린 새끼들
주둥이 속으로
아
아
아
아
아
아
아
밀떡처럼 부드러운
달을 토해낸다.

입춘

옛날 옛적
봄꽃 엄마가 낳은 알을
새가 품었다 날았더니라

얼음 풀리고
물소리 골짝 깨우고
물오른 나뭇가지 만삭의 몸이 풀리고
이름 없는 떡잎 두 장의 세상이 열렸더니라

떡잎 두 장이 애벌레를 키운다지?
애벌레는 새를 키우고
새는 나뭇가지 물어 둥지를 튼다지?

옛날 옛적
이름 없는 떡잎 두 장이
하늘 열고 땅을 품은
봄꽃 엄마를 낳았더니라.

푸른 옹알이

마침내 그대
꿈 없는
깊은 잠
골방을 흔들어 깨우네

아가, 아가, 여기, 여기,

텅 빈 껍데기뿐인
골방에 들어서서

뽀득뽀득, 유리창을 닦으며
달그락닥, 요리를 하며
돌돌돌돌, 재봉틀을 돌리며
푸스스슬, 화분에 물을 주며

도리, 도리, 짝짜꿍, 까꿍까꿍, 에비에비

마침내 그대

골방 닫힌 문 열어젖히고
꽃샘추위
선잠 깨 칭얼대는
아기꽃 어르며
한 번도 들어본 적 없는 푸른 옹알이 들려주네.

씨, 앗,

　힘을 내, 땅을 뚫고 나와. 너는 지금 캄캄한 땅속에 묻혀 있어.

　캄캄한 어둠이라니요? 그게 무슨 말이죠? 제가 있는 곳이 땅속이라구요? 여기 지금 뚫고 나가야 할 땅이 있다구요? 그러니까 뭔가 저를 덮고 있다는 말씀인가요?

　아하, 왜 이렇게 캄캄한가 했더니 땅속이었군요. 저는 정말 캄캄합니다.

　그런데 어디 땅이 있나요? 땅은 무엇으로 되어 있지요? 제가 땅을 뚫고 나갈 수 있을까요?

　물론 땅을 뚫고 나올 수 있지. 씨앗은 원래 땅을 뚫고 나올 수 있는 힘이 있어.

　에잇, 거짓말!

귀를 기울여 봐
가장 멀리까지 가장 황홀하게 퍼지는 노랫소리

바람만 불어도 굴러가는 씨,
어디에든 달라붙어 퍼져나가는 씨,
화살처럼 작살처럼 가시처럼 꽂혀 업혀가는 씨,
매달려 있다가 곤두박질치며 폭발하는 씨,
불꽃처럼 터지는 씨,
어디서 왔고 어떻게 떠날 것인지 들려주는 씨,

앗,

검은 물웅덩이로 유성들이 쏟아지고 있어.

하늘 연꽃

어디서 시작되었을까요.

겨울눈 박차고 꽃눈 뜨듯 산수유꽃 지고, 그 자리에 붉
은 등 하나 걸렸습니다. 산언덕 진달래꽃 지고, 그 자리
에 초록 등 하나 걸렸습니다. 해우소 뒤편으로 달음박질
치던 개나리꽃 지고, 그 자리에 노란 등 하나 걸렸습니
다. 하늘을 가리던 산매화, 산벚꽃 지고, 그 자리에 분홍
등 하나 걸렸습니다. 때마침 봄비 다녀가시고 온 세상의
푸름을 깨우는 솟대 끝에 파란 등 하나 걸렸습니다.

어디서 시작되었을까요.

산골짝 돌아 산언덕 너머 산길 타고, 초파일 오색등 환
하게 마을로 마을로 흘러내려옵니다. 아이도, 젊은이도,
늙은이도, 여자도, 남자도, 소도, 돼지도, 개도, 고양이
도, 닭도, 토끼도, 까치도, 제비도, 비둘기도…… 모두
오색등을 따라옵니다. 꽃집 앞으로, 파출소 앞으로, 예배
당 앞으로, 시청 앞으로, 식당 앞으로, 병원 앞으로, 학교
앞으로, 세탁소 앞으로, 방앗간 앞으로, 구멍가게 앞으로
큰길 따라 골목길 따라 초파일 오색등 길게 길게 흘러내

려옵니다.

하늘 연꽃이다!

모두가 한마음으로 오색구름처럼 흘러내려 온 초파일 연등을 올려다봅니다. 등줄 잡고 내려오신 노스님 허리 굽히시고 아무도 눈치채지 못하게 연등 아래 버려진 쓰레기 주어 담습니다. 찌그러진 깡통, 담배꽁초, 비닐 쪼가리…… 함부로 쓰고 버린 욕심과 성냄과 어리석음 쓰레기도 말없이 주어 담습니다. 밤이 오고 마침내 초파일 오색 등불이 켜지자, 붉은 등불, 초록 등불, 노란 등불, 분홍 등불, 파란 등불, 노스님이 주어놓으신 쓰레기 봉지 봉지에도 등불이 환하게 들어옵니다.

어디서 시작되었을까요.
맘속 욕심내, 지금보다 더 나은 내일을 기다리는 어두운 그 자리에 연꽃 같은 부끄러움을 걸어봅니다. 맘속 성내, 말을 말아야지, 무시하고 돌아서는 어두운 그 자리에 연꽃 같은 웃음을 걸어봅니다. 맘속 어리석어, 옳다고 기를 쓰며 벌벌대는, 변명하려고 벌벌대는, 참으려고 벌벌대는, 포기하며 벌벌대는 어두운 그 자리에 연꽃 같은 향기를 걸어봅니다. 하늘 높은 못에도, 맘속 어두운 못에도 온 세상 환하게 하늘 연꽃 피어납니다.

엄마, 장에 가신다

엄마, 이팝나무 아래
산나물 산더미 들여놓고
장날 내다 팔 묵나물 널어 말린다

"엄마, 당신은 우주입니다"
"야가 뭔 소리여"
"당신은 바다입니다"
"시끄럽다. 치라"
"당신은 대지입니다"
"입 놀릴 바에는 손 놀니라"

가는 귀 먹은 사람처럼
불안佛眼의 선사처럼

알 바 없는 우주 넘실넘실
산나물 산더미 되고

알 바 없는 대지 그득그득

흐드러진 이팝꽃 고봉밥 되고

두메산골 꽃바다 물물이 산나물
다래순, 망초순, 고사리, 곤드레, 명이, 비름, 파드득,
홑잎,

물길 산길 천지신명 다 끌어안은
묵나물 광주리 머리에 이고
엄마, 장에 가신다.

노을, 놀다

쌀을 씻어 솥에 안친다. 쌀뜨물에 된장을 푼 냄비를 불
에 올린다. 다듬어 놓은 아욱을 으깨 씻고 소쿠리에 건져
놓는다. 냉동실에서 마른 새우를 꺼내 끓는 된장국물에
집어넣고 씻어놓은 아욱을 쏟아 넣는다. 소쿠리 가장자
리를 톡톡 쳐서 바닥에 붙어 있던 풀어진 줄기도 말끔하
게 털어 넣는다. 무를 도톰하게 썰어 냄비 바닥에 깔고
고추양념장을 흩뿌려 서너 번 뒤집어놓는다. 자반고등어
켜켜로 양념장을 끼얹고 어슷어슷 썬 풋고추를 얹는다.
밥물이 끓어 넘친다. 불을 끄고 밥이 눌어붙기 전에 밥주
걱으로 두어 번 휘적거린다. 뜸들이 불로 조절한 다음,
콩자반과 고추조림과 멸치조림을 만든다. 행주로 솥뚜껑
과 냄비뚜껑을 뽀드득 문질러 닦는다. 기적처럼 저녁 해
가 둥근 밥상을 펼칠 즈음 솥뚜껑이 열리고 밥 냄새가 퍼
져나간다. 배고픈 허공이 흰쌀밥처럼 피어난 구절초를
삼킨다.

조각보

보세요
만신창이가 되어
혀를 깨물고 있는 붉은 공단
시퍼렇게 기가 넘어가고 있는 푸른 명주
납죽 엎뎌 눈물조차 마른 무명
벌어진 상처와 상처를 잇대며
그 많은 사연을
감쪽같이
바늘땀 속에 숨기는.

기도방

거울 떼고
달력을 떼고
옷걸이를 떼고
전등을 떼고
책을 내놓고
그릇을 내놓고
가구를 내놓고
못을 뽑고
홀로
방에
들어가다.

진달래 처녀

이제 마악 내 앞에 서서
입술을 달싹이며 말문을 여는 여자에게
나는 기꺼이 절하듯 허리를 구부려
귀를 기울입니다

가슴의 얼음장을 꽝꽝 두들겨
깨워주는 여자이기에
나는 여자가 하는 말이
기쁨일 걸, 환희일 걸, 웃음일 걸
기대했습니다

놀랍게도
귀에 들려오는 소리는
울음소리였습니다

여자도 나처럼
한 모금의 물길을 찾아
이리저리 우왕좌왕 애달복달

가물가물 까무러졌다가
겨우겨우 정신 들어
해진 발바닥 감추며
비로소 내 앞에 섰다고

왜 그런지 울음만 나온다고

산등이마다
얼음장 꽝꽝 깨트리며
물 흘러가는 소리가 들립니다.

하월천

달항아리를 꺼내 펑! 요술을 부리고 싶다
예쁜 나귀 한 마리 항아리에서 꺼내고 싶다

하월천 물보다
물에 비친 달보다

나귀들은 어디로 갔을까.

후회

혓바닥에 눌러붙은 백태 같은 말
이빨에 낀 치똥 같은 말
내가 입을 헤— 벌리고 잠들어 있는 동안
악어새가 깨끗이 쪼아먹었으면 좋겠다.

가을 소나기

그래, 헤어지자

당단풍 손을 높이 흔들며 비틀거리며
얼음조각처럼 희미하게 흘러내리는
그의 뒷모습을
골목 끝에서 골목 끝을
언제까지고 서서 바라본다

그래, 골목을 벗어나자

세상은 온통 먹구름으로 뒤덮여
가시덤불에 넘어진 듯
순식간에 맨살을 치고 들어온다

내 눈 속에 오래 고여 있던
묵은 사랑이여,

그래, 잘 가거라.

철새

새는 떠났어도 나무는 알고 있다

새가 앉았던 가슴 따뜻한 자리,

새가 돌아보았던 저 먼 하늘,

나무는 새가 날아간 곳보다

더 멀리 뿌리를 뻗는다

빈 가지가 바람에 출렁인다

새는 떠났어도 나무는 알고 있다

꽃마차 몰며 돌아오는 날갯짓 소리.

겨울안개

빗물로 흘러내릴 수 없어요
눈발로 흩어질 수 없어요

세상의 모든 길을 막고
서서
세상의 모든 불빛을 막고
서서
세상의 모든 질문에 빗장을 채우고
서서

여기 기웃, 저기 기웃

바람을 밀며 누군가 말해요

가슴을 풀어놓아요
울음을 참지 말아요
소리쳐 불러봐요
그냥 놔버려요

날이 들면

세상의 모든 길은 열리고
세상의 모든 불빛은 퍼져나가고
세상의 모든 질문은 맥없이 풀리고

갈 길 몰라
서성이는 걸음들은
흔적없이 사라질 거예요.

겨울밤

이 열차는 더 이상 가지 않습니다

마지막 정거장에서
별처럼 마주친 얼굴

꿈이 아니면 만나지 못할
아득한 사이

흘러간 유행가를 타고
철 지난 달력이 되어버린 사이

손을 잡아도
손을 흔들어도
손을 뿌리쳐도
손을 내밀어도
손을 빌어도
손을 감추어도
모든 의미가 되었던 사이

더 이상 가지 않는 열차
차창을 마주보며
겨우 겨우 손을 흔든다

오래전 주머니 속에 구겨 넣었던
겨울밤이 홀로인 채
손을 흔든다.

박하사탕 녹는 시간

　새벽에 눈을 뜨면 아무 일 없이 깨어난 일이 왠지 겁이 납니다. 창문이 언제나 밝아올까, 기다립니다. 집 나간 지 오래인 아버지를 기다리는 어머니처럼 당신이 한 자 한 자 사경을 하던 천수다라니를 외워봅니다. 경을 외며, 다시 내 몸 속으로 당신의 긴 그림자가 돌아오는 시간을 바라봅니다. 천수다라니가 입안에서 굴러다니다 박하사탕처럼 녹아버립니다.

전서구를 기다리는 시간

겨울비 내리고, 어디선가 구구구, 비둘기 우는 소리가 들립니다. 그에게 수없이 띄워 보낸 이메일이 겨울철새처럼 날아오릅니다. 어디론가 편지를 띄운다는 것은, 아니 받지 않을 편지를 보낸다는 것은, 생사를 묻고자 전서구傳書鳩를 날려보내는, 멀고 먼 고대의 일처럼, 애절합니다.

새의 발목 같은 보낸편지함에 매달린 편지들은, 높이 날아도, 연이 아니기에, 줄이 끊어져 땅에 떨어지지도 않았고, 풍선이 아니기에, 터져서 허공으로 사라지지도 않았습니다. 언제나 '읽지 않음'인 상태로 차곡차곡 쌓여가는, 편지들은 늪지의 철새들처럼 저희끼리 모여 섬을 이루었습니다. 나는 가끔씩 먼지 한 톨 내려앉을 수 없는 그 섬에 들어갑니다. 까마득한 침묵에 갇혔던 물음들이 눈을 뜹니다.

밥 먹었어?

잘 잤어?

몸은 괜찮아?

언제 와?

내가 보낸 소식도 이 물음이 전부이고, 받고 싶은 답장
도 이 물음이 전부입니다.

석류의 시간

마른 석류 한 개를 갖고 있습니다. 책장 위에 올려놓은 먼지 낀 석류를 볼 때마다 석류는 사라지고 사막에 뒹구는 두개골이 가슴에 들어와 앉습니다. 과장해서 말하면 뼈와 가죽만 남아 있는, 미라 두개골 같은 석류 안에는 한 남자와 사막이 존재합니다.

한 남자, 그는, 그는 하면서 나는 머뭇거립니다. 움켜잡을수록 손가락 사이로 빠져나가는 모래알처럼 그의 몸에서는 늘 모래가 서걱대는 소리가 들렸습니다. 방황 끝에 돌아온 그가 선물로 가져다준 석류는 오랫동안 책장 속에서 우두커니 나를 바라보고 있었습니다. 곧 썩겠지, 곧 썩어서 버려야겠지, 나는 일부러 담담한 듯 모르는 척했습니다. 해가 바뀌도록 석류에도, 책에도, 손이 미치지 않고 지나갔습니다. 그가 떠날 때도 내 손은 미치지 못했습니다.

어느 날 문득 까맣게 썩어가고 있는 석류가 눈에 들어왔습니다. 새빨간 입술을 열면 희디흰 이빨을 드러내고 함박웃음을 터트릴 것 같은 석류의 자취는 온데간데 없었습니다. 나는 손을 뻗었습니다. 이미 내 손끝은 썩어 문드러진 살덩이의 흐물거림을 예감하며 완강하게 거부하고 있었습니다. 눈을 질끈 감았습니다. 그런데 석류의 표피를 움켜쥐는 순간 한번도 만져본 적 없는 해골이 떠올랐습니다. 아닌 게 아니라 석류의 표피는 뼈마디가 튀어나온 것처럼 울퉁불퉁하기까지 했습니다. 더욱 놀라운 것은 너무나 가벼웠다는 겁니다. 습기가 전혀 느껴지지 않는 가벼움이 순간, 오히려 당혹스러웠습니다.

나는 딱딱하게 굳은 석류를 손에 쥐고 오랫동안 바라보았습니다. 기이한 일 앞에서는 그저 바라보는 일뿐입니다. 뼈대처럼 보이는 여섯 개의 기둥이 일정하게 퉁그러져 나와 있고, 그 사이 사이 움푹진 곳은 안구가 박혔던 자국처럼 검붉게 굳어져 있었습니다. 티벳에서는 의식용 성구聖具를 만들기도 한다는 두개골처럼 보였습니다.

오랫동안 누군가를 기다리는 사람의 모습이 그러하리

라 생각했습니다.

두개골이 된 마른 석류는 내 곁을 떠나지 않았습니다.
석류는 나에게 무언가 할 말이 있는 듯했습니다. 아니 내
가 석류에게 무언가 할 말이 있는 듯했습니다. 서랍에 감
추기도 하고 책꽂이 뒤에 던져도 놓았지만 어느새 석류
는 외투주머니에 들어 있거나 호두알처럼 손안에 들어와
있었습니다.

책장을 옮기고 먼지 낀 책들을 끄집어내던 날, 나는 마
른 석류를 화초밭에 묻었습니다.

가슴에 들어앉은 두개골 같은 석류는 환하게 밝아지다
가 까맣게 어두워지고, 눈꺼풀 위에서 파르르 떨렸다가
감은 눈 어둠 속에서 이글이글 타오르다가, 그의 얼굴이
었다가, 가슴속 응어리만 풀썩 덜어낸 듯, 얼룩처럼 흐려
졌습니다. 꿈속 같았습니다. 마침내 큰비가 내리고 사막
에는 붉은 입술 같은 석류꽃이 피었습니다.

2부

빛의 걸음

초경 전 계집아이처럼
음모를 깎고
뱃속의 똥물을 빼내고
알몸에 수의 같은 환자복을 덮고
수술실로 가는 스트레처카에 실렸다
링거병과 비이커와 체온계와 주사바늘
부장품처럼 내 몸에 달려 있다
두 손목과 두 발목이 가죽끈에 묶였다
맨살 등에 닿는 스테인리스 철판의 섬뜩함,
내 생에 마지막 느낌이 될지 모른다
이 섬뜩한 느낌을 갖고
나는 어디로 떠날 것인가.

맴돌다

    내가 이렇듯 툇마루에 앉아 몇 생을 살았을까. 아니 내가 이렇듯 사람처럼 숨을 쉬어본 적이 없는 초생인初生人이라는 생각이 들었다. 그리고 나는 비단잉어나 파랑새나 고양이나 개나 쥐나 닭이나 귀뚜라미나 잠자리로 살면서, 아니 오리나무, 감나무, 사시나무, 개나리, 질경이, 고들빼기, 며느리밥풀꽃, 뻐꾹채꽃, 솜방망이, 애기똥풀로 살면서 얼마나 오랫동안, 사람 곁을 맴돌았을까. 아니 꽃도 시들해, 이렇듯 툇마루에 앉아 돌멩이가 돼버리는 꿈을 꾸었을까.

흐르다

— 각막 일부를 절제하는 엑시머레이저 수술은 상당한 근시교정 효과가 있지만 각막은 레이저에 의해 공격을 받았다는 사실을 평생 기억한다. 따라서 정상 각막에서는 없는 콜라겐 등의 물질이 계속 분비되는 현상이 생길 수 있다.

연못 속 밝은 달, 어딘가에서 출혈이 계속되고 있는 것 같다. 밤마다 어미 잃은 새끼고래 빈 바다를 떠돌며 유령고래 찾는 노랫소리, 밤마다 목을 조르는 가위 연못 속 밝은 달, 해맑갛게 눈물로 씻어 담궈놔도 수족관 같은 슬픔이 치솟았다 소용돌이치며 가라앉는다. 아무래도 어딘가에서 출혈이 계속되고 있는 것 같다. 연못 속 밝은 달, 물길도 숨길도 잊고 연못 속으로 들어간다. 억만 겁 전생에 꽂은 비수일까. 치명적인 화살촉처럼 등에 꽂힌 가시 연꽃. 진창의 일만 파도가 한 폭의 그림처럼 지워지고 다시 보인다. 연못 속 밝은 달, 유령고래 찾는 노랫소리 달빛 따라 흐른다.

휘감기다

나는 마른 작대기, 언제나 차렷 자세로 서 있었다. 흰 무명 손수건 위에 네모 반듯반듯하게 쓴 이름표를 달고, 그저 수세미 옆에서, 수세미가 싹이 나고 잎이 나고 수세미가 팔짱을 끼고 입맞춤을 하는 동안에도 나는 여전히 차렷 자세로 수세미가 땅으로 기어가는 것을 막아주고 서있었다. 흙에 발을 묻고 나란히 서서 아니 살도 피도 바람에게 다 던져준 작대기 몸을 수세미가 마구 껴안고 뒹구는 동안 나는 그래도 차렷 자세로 서 있을 수밖에 없었다. 끝없이 오르기만 하는 수세미의 덩굴손은 사랑이나 눈물이나 삶 같은 시시한 것에도 닿기만 하면 금방 자극을 받아 그것을 휘감아 버렸다. 그래서 수세미는 바람이나 천둥 빗속에서도 용수철처럼 늘어났다 줄어들었다 끄떡없이 버티는 것인지도 몰랐다. 이윽고 나는 수세미의 긴 포옹과 숨결로 완전히 뒤덮였다. 나는 수세미의 혀가 되었고 젖가슴이 되었고 허벅지가 되었다. 수세미의 모든 것을 내 것으로 받아들이며 다시 한번 나를 버렸다. 선사禪師의 지팡이처럼 뿌리가 내리고 싹이 나고 잎이 나고 서서히 수세미 덩굴손을 휘감으리라.

젖다

늦은 점심으로 영안실 육개장을 먹는 동안 비는 줄창 쏟아졌다. 시든 장미도 키 큰 은행나무도 죽은 치자분도 빗속에 서서 줄창 비를 맞는다.

흥건한 육개장 국물 속 고사리가 된 너, 고추기름을 뒤집어 쓴 너, 풀어진 달걀노른자가 된 너를 삼키다 목이 메인다.

속을 죄다 내준 나무는 나무대로 물이 오르고 속을 죄다 내준 돌은 돌대로 낮은 곳으로 구르고 속을 죄다 내준 구름은 구름대로 흐르다 사라지고 꿈은 꿈대로 비와 한 몸이 되어 비 세상에 몸을 주고 산다.

비가 줄창 내리는 동안 나는 왼쪽 눈의 시력이 뚝 떨어졌다. 걸핏하면 긴 나무창을 들고 아마존 원시림을 뛰어가는 사람이 보인다. 벼랑 끝에 꿇어앉아 두 손을 번쩍 치켜들고 고래고래 소리 지르는 사람이 보인다.

아래로 아래로

　물은 아래로 내려갈수록 짜진다고 한다. 며칠째 자리
에 누워 아래로 아래로 가라앉는다. 어둠인 채 성큼성큼
산속으로 걸어 들어가 체로키족 늙은 추장을 만난다. "소
중한 것을 잃었을 때는 녹초가 되는 것도 괜찮지." 햇볕
환한 뒷마당, 장독대 어느 구석에서 바다 한 자락을 끌어
안고 뼈조차 삭아지며 노랗게 익어가는 황새기젓, 가고
오던 생각자리마다 허옇게 소금기가 번져 있다. 물은 아
래로 내려갈수록 짜진다고 한다.

비추다

어느 날 나는 바위에 앉아
물속을 들여다보았다
물속을 들여다보다가
버들치가 물속에서 노는 것을 보았다
버들치가 바위틈에 들어가는 것을 보다가
어느 한 생애가
물속에 들어가
물고기를 잡는 것을 보았다
강원도 산골 촌로의 시를 읽고
어느 날 나도 바위에 앉아
물속을 들여다보았다
물속을 들여다보다가
버들치가 물속에서 노는 것을 보았다
버들치가 바위틈에 들어가는 것을 보다가
어느 한 생애가
물속에 들어가
물고기가 되어 노는 것을 보았다.

무지개 별

 오늘밤 우리는 순한 짐승이 되기로 하였습니다. 가까이 다가가도 멀리 달아나도 언제나 그만한 거리에서 바라보아야 할 하늘과 땅, 우리의 가슴과 가슴 사이에 놓여있는 한 천억 광년의 거리쯤은 푸른 소의 바람 등에 실어서쪽으로 밀어 놓고 하늘의 뜻으로 큰곰이 되어 올라가든 땅의 기운으로 어린양이 되어 내려오든 세상이야 콩을 심든 팥을 심든 오늘밤 우리는 한몸이 되기로 하였습니다. 철없이 칭얼대는 음살성陰煞星도 젖을 물려 재워두고 노주가 무지개 뱃속에 창자를 달아 놓고 권커니 잣거니 술을 마셨다는 그 밤처럼 이 한밤을 홀딱 새우기로 하였습니다.

 *음살성陰煞星 : 어둠 속에서 훼방을 놓는 별

떠돌이 별

그날 밤 우리는 이름 없는 혹성, 어둠의 한복판에 돗자리를 깔고 떠돌이별꽃에 환하게 취하는 봄을 맞았습니다. 천월성의, 다라성의, 우리의 억겁 어둠을 벗어던지며 푸른 알몸으로 은하개울에 뛰어들었습니다. 무성하게 자라난 잡초 같은 천지의 어둠에 이미 꽃이 되거나 새가 되어 날아다니는 소행성들을 불러들였습니다. 그날 밤 우리는 시작도 끝도 모르는 해도 달도 모르는 이름 없는 짐승이 되어 어둠에 묻힌 혹성의 성감대마다 꽃불을 놓았습니다. 서로의 가슴에 뛰노는 말이 환히 들여다보이는 별똥별 아아 그날 밤 우리는 붉게 달떠 있는 혹성 하나를 이제 막 태양계의 초록별로 태어난 난초와 짝을 지어주고 보기 좋다 보기 좋다 흐뭇하게 바라보았습니다.

물고기 별

접어두어야 할 말이 많은 날은
가슴 복판으로 은하수를 흐르게 하자

별이 되어 흐르다
황도 12궁, 그 끝에 이르러

침묵 속에
뼈를 박고

절로 흐르는 물살에
뼈가 다 닳아질 때까지
별들의 맥박을 세어보기로 하자

접어두어야 할 말도 흘려보내야 할 말도

은하수 한 가운데 빈 낚싯대를 드리우고
하얗게 뼈가 드러난
쌍어궁雙魚宮을 만나기로 하자.

쇠똥 별

트럭에 실려가는 이삿짐처럼
보퉁이, 보퉁이,
내려앉고 싶다

수레 가득 풀짚을 싣고 가는
붉은 소,
뚬벅뚬벅 누는 쇠똥데미처럼
버려지고 싶다

어깨에 매달린 좀생이 별들
열린 길도 캄캄해지는 날
쇠똥구슬 굴리는 쇠똥구리처럼

하늘을 길 삼아
은하수를 나침반 삼아

이곳도 내 살 곳이려니
가는 빗줄기로 피리를 불며
붉은 소를 타고 가는 초동이 되고 싶다.

웅덩이 별

 하늘도 귀를 먹는다는 임자일壬子日, 눈을 감자, 은빛
꽃잎이 은빛 돌산을 이룬다. 어디쯤 벽이 있는지, 어디쯤
불이 있는지, 벽도 잊고, 불도 잊고, 캄캄한 가슴, 어둠이
하는 일이니 어둠에 맡기기로 한다. 어둠이 깊으면 시든
꽃도 뭉개진 꿈도 눈빛이 깊어진다. 어디에 물길을 숨겨두
었을까, 무너진 돌덩이를 들어낼 때마다 붉은 달을 머리
에 꽂는 자귀나무, 푸른 바람 숨소리에 뒤척이는 인동꽃,
천진하게 부싯돌을 치는 은빛 돌산이 그 어둠에 있다.

물소리 크다

좋다. 술을 다해. 잔을 던지고. 말을 다해 입을 다물고. 스스로 몸을 던진다. 얼음장 정수리 깨고 나온다. 저 물소리, 파란 미나리깡에서 벌거숭이로 물장구를 치는 저 물소리. 좋다. 차茶를 다해. 잔을 씻어 엎고. 봄눈. 펄. 펄. 내리는 물길 하늘에 닿고. 추운 겨울 끝은 물소리가 크다.

봄밤, 별빛에 취하다

잘 익은 봄밤이다

사내 등판처럼 짱짱한 저 어둠 속에서

싱싱하게 물이 오르는 천지

진달래꽃처럼

분홍 살빛을 지닌 그 여자는

무르익은 봄밤,

별빛에 취해,

잘 익은 두견주杜鵑酒가 되었다고 한다.

봄날, 졸다

빈 항아리 두 개가 나란히 놓여 있다

그 많은 둘레를 다 놓아두고
그 넓은 가슴을 다 비워 두고

맨 무릎만 닿을 듯 살짝 대고 앉아
'우리 비밀로 합시다'
봄날 오후
나르한 햇살을 타고
파르르 떨며
어쩔 바 모르는 사랑을 나누고 있다.

봐라, 꽃이다 · 1

귤 한 조각을
어금니로 깨무는 순간,
열꽃처럼
입 안에

확,

터지며
숨막히게 덮치는.

봐라, 꽃이다 · 2

한겨울, 날은 풀려 처마에서 떨어지는 낙숫물 소리에
귀가 밝다

찻물을 올린다
낙숫물 소리와 물 끓는 소리가 정겹다
차를 따르다 뜨거운 찻물이 손등에 떨어졌다

나무는 옷을 다 벗고 하늘 거울 앞에 섰다.

날마다 좋은 날

다이빙을 아주 좋아하시는 노장님이 계셨습니다. 파도가 높은 어느 날 노장님은 절벽 아래로 한 마리 새처럼 뛰어들었습니다. 절벽 위에서 절벽 아래를 내려다보던 사람들은 아무도 노장님을 다시 보리라 기대하지 않았습니다. 파도는 파도를 치고 파도는 파도를 밀고 밀려간 파도는 파도를 끌고 왔다 파도에 끌려가고. 이윽고 절벽에서 기다리던 사람들의 온몸에 고기비늘처럼 파도가 돋아났을 때, 노장님은 어린아이처럼 수줍게 웃고 나타났습니다.

"산더미 같이 밀려오는 파도 속에도 잘 살펴보면 숨 쉴 구멍이 있더구만."

비 한 번 보았다고

"노스님은 성불하셨습니까?"
"부처님이 성불했냐구?"
"아니, 노스님말예요."
"부처님은 성불 안했어."
"부처님 말구요, 노스님이 성불하셨냐구요."
"부처님도 성불 안했는데 노스님이야 말할 것도 없지."

삼복더위에
비 한 번 보았다고
바람이 시원하다.

3부

거위벌레

한 마리 거위벌레가 있다
하늘을 보고 반듯이 누운 채
한 쌍의 더듬이와 여섯 개의 발을 치켜들고
죽어 있다
그러나 거위벌레는 죽은 것이 아니다
바구미산과에 속하는 수수 알갱이만 한
거위벌레는 살기 위해
죽은 시늉을 하고 있다
무엇에 놀라거나 위험을 느끼면
죽은 척 고비를 넘기는 것이다.

바위취

몸이 잘 마른 조선황태를 뜯어 먹으며
육기六氣 생식을 하는 동안
죽은 소철분에
바위취꽃이
욕쟁이 할매집 고봉밥처럼 희게 피었다
그랬을 것이다
이 생 한 번 안 받았다 치고
제 살 속에 수미산 바윗덩이 같은
침묵을 다져 넣다가
온몸으로 부딪고 부딪혀
스스로 부싯돌이 되어
흰 불꽃을 피웠을 것이다
그랬을 것이다
사람살이 정이야
밥이 되면 먹고 똥이 되면 거름이 되는 법,
여전히 엉망진창인
제 뿌리를 내려다보며
진땀이야 눈물이야 죄다 날아가거라

살은 살대로 뼈는 뼈대로
가시조차 순하게 먹히는
몸이 잘 마른 황태처럼
이 생 한 번 안 받았다 치고
씹히지도 삼킬 수도 없는
눈알만 떼구르르 굴러다니며
희디흰 불꽃 피워 올렸을 것이다.

햇빛 한 철, 파도 한 철

삽시도는 어디를 가도
썰물이었다
달려올 듯 달려올 듯
멀어져 가는 세상을
맨발로 걸으며
나도 깨진 조가비
속을 다 앗겨버린 소라껍질
자라나 토끼
되고 싶고, 가고 싶던 길을
물길에게 다 내어준 채
아무렇게나 썰물진
모래 바닥에
나도 몸을 묻고 있는 돌멩이

햇빛 한 철,
파도 한 철,

썰물진 서해바다

가장자리
한 입에 바다를 물고 있는
석화石花

햇빛 한 철,
파도 한 철,

아가리를 꽉 다문 채
나도 한 철.

거북아, 거북아

물길이야
나보다 그대가 잘 알지
그대 등에 온 마음을 싣고
천년 비바람
그대 등에 새겨진 슬픈 물길을 짚어가며
겁 없이 헤아렸던 기막힌 세상
살아도 살아도 아득하여
마음만 수선을 떨고
바람이야
나보다 그대가 잘 알지
한겨울 빨랫줄에 꽁꽁 얼어붙은 양말짝이었다면
양말짝으로 가져가시게
삼겹살 안주에 잔술로 들이키던 우주였다면
술 취한 우주로 가져가시게
그대가 보았던,
숨찬 가슴 어쩌지 못하고
한걸음에 달려갔던, 그 마음도
보았거나 말았거나

남김없이 가져가
떠나보낸 그대도 없으리
바다야
나보다 그대가 더 잘 알지.

파루초 사랑

상치가 아닌 쑥갓이 아닌 깻잎이 아닌
한여름 웃대가 잘 자란 아욱이 되어
대가 센 줄기들은 분질러 버리고 질기디질긴 껍질은
벗어 버리고

홍백의 갈래꽃 무리에 숨겨두었던
초록 우주의 별빛들, 감당할 수 없이 밀려오던 햇발의
무게, 어둡고 축축했던 땅의 기억들,
거친 돌바가지에 문질러 으깨버리고
생으로 먹던 푸새 것들의 시퍼런 숨을 다 죽이고

쌀뜨물 받아 은은한 뜸들이 불에 오래오래 끓인
쉴새없이 뒤척이던, 붉고누렇고청록이던 빛깔들이 다
녹아진
쓸개도 배알도 이름만 남아
된장 냄새 구수한 아욱국,

가을 아침,
파루초 사랑을 삼킨다.

유홍초 사랑

결국 유홍초만 남았다
몸부림은 몸부림을 만난다
유홍초는 의지가지 없이
제 살끼리 똬리를 틀며 넝쿨을 감아올렸다

가을볕이 바들바들 떨며 베란다 유리창에 달라붙어 있
던 날
유홍초는 마침내 붉은 촉수를 열었다

유홍초는 나보다 오래 살 것이다
가을볕이 바스락거리는 해질녘이면
척추교정기를 몸에 감고
해가 지나간 길을 더듬듯 느릿느릿
무덤가를 돌고 있는 여자를 만날 것이다
딱딱한 척추교정기 안에서
가쁜 숨을 쉬고 있던 여자가
저녁노을 한 송이를 건네며 속삭일 것이다
"가을꽃이죠. 유홍초."

유홍초를 들여다보는 사람들 눈에
노을처럼 눈물이 고일 것이다.

넝쿨 사랑

나는 당신처럼 굵고 힘찬 가지를 갖지 않습니다
나는 당신이 뻗어나가는 허공을 넘볼 수 없습니다
나는 당신이 허용한 공간에서만 자유로울 수 있습니다

나는 가능한 한 가지를 벌리고
당신의 눈으로 당신을 바라봅니다
당신의 눈빛이 밝든 흐리든 기꺼이 반응하며
당신의 내면에 달콤하게 스며드는 빛이
보석같이 반짝이는 걸 숨죽여 바라봅니다

당신의 눈빛이 조금만 흔들려도 신속히 반응하는
나를 나무라지 마십시오
나도 막막하게 수수방관인 채 엉켜서
벌건 대낮도 밤중같이 앞이 캄캄하고
해는 지고 날 어두우면
어둠이 절벽처럼 서서 걸어와
눈을 번쩍 뜨지 않고는 배겨날 수 없지만
눈을 뜬 채 절벽 속으로 들어가라

벼랑 끝으로 내 모는 소리
황홀해,

산 넘어 산
물 건너 물

반쯤 죽은 듯 졸고 있던 광인이
노래를 부르며 깨어납니다.

대장간에서

쇳덩이도 불 속에서는 물이라고 하더군
대장장이 말을 믿지 않았어
언제나 차갑게 마음을 도사리고
깨져 부서질망정
절대로 속을 열지 않겠어
청녹의 검버섯을 뒤집어쓰고
다 쓰러져 가는 처마 밑에서 뒹굴다
빗발에 녹아 사라질망정
내 깊은 속은 보이지 않겠어
독을 키우며 견뎌냈지
입을 틀어막고 신음 소리조차 삼켜버렸지만
뚝심 좋은 대장장이가
차디찬 내 쇳덩이 가슴을 차지하며 들어선 거야
다짜고짜 불길에 나를 잡아넣고
내 속에 깊이깊이 감춰 놓은
물의 길을 단숨에 뚫어놓은 거야.

정육점에서

살다보면 귀신도 보이고 귀신 너머 헛것도 보아낸다고
하지만 살아갈수록 눈밖으로 벗어나는 일이 태반이다

전기 쇠톱이 불꽃을 튀기며 암소 사골을 토막칠 때처
럼, 잘라버리는 힘과 잘려지는 힘끼리 강하게 맞서는 소
리를 들으며

등을 돌려 돌아서고, 돌린 등을 다시 돌려 돌아서고

귀를 버리고 눈을 버리고 눈이 미치는 곳, 귀가 미치는
곳, 손이 미치는 곳, 곳, 곳, 받아드릴 수 없다고 완강하
게 떠밀던 나를 놓아버리라고

"암소라 국물이 뽀얗게 잘 우러나지요."

빈집에서

마지막으로 문간방 사람들이 짐을 빼고 나가자
삐걱거리는 툇마루의 신음소리도 멎었다

흡사 박제를 하기 위해 내장을 훑어낸 새처럼
싸늘하게 식어버린 구들장의 침묵은
오히려 오랫동안 누추하고 헐벗은 몰골
처음으로 당당하게 문을 열었다

막차도 떠나버린 시골길
텅 빈 정거장
흙먼지 쌓인 낡은 플라스틱 의자가
빈 집 앉아
마룻대 올리던 쩡쩡한 소리
홀로 듣고 있다

"하늘의 오색빛이 감응하고 땅의 오복이 준비하도다."

지루한 배역

  그들 부부는 무언극을 하는 사람처럼 말없이 움직인다
  남자는 골판지 상자를 네 개 쌓고 등에 진다
  맨 위에 올려진 상자가 남자의 머리 위로 미끄러져 쏟
아진다
  여자는 쏟아진 상자를 받아 안고 그 위에 상자를 세 개
쌓고 등에 진다
  맨 위에 올려진 상자가 여자의 머리 위로 미끄러져 쏟
아진다
  남자는 쏟아진 상자를 받아 안고 그 위에 상자를 세 개
쌓고 등에 진다
  그들 부부는 골목길에 봉고차를 세워놓고 공연을 펼친다
  남편과 아내라는 지루한 배역이다.

목마

목련나무 아래 부서진 목마를 비스듬히 기대어놓는다
손잡이를 잡고 말馬머리를 바로 세운다
뒷바퀴는 빠져 달아나고 몸통의 잔등은 깨졌다
바람이 불자 목련꽃잎 후루루 떨어진다
희디흰 목련길 목마 바퀴 자국을 따라간다
어디선가 투정부리는 아이 울음소리
우리 아기 착하지이, 자아, 말 타자아, 이일루 와 봐,
자아 다알린다아
떨어진 목련꽃잎을 쓸어모은다
젖멍울이 아려온다.

폐가에 들며

집은 다 허물어졌다. 허리께를 족히 넘을 풀들이 마당을 메우고 사람의 접근을 막는다. 썩은 판자가 해골처럼 드러난 지붕, 문틀만 덩그러니 남은 방, 마당귀를 뒤덮고 있는 한삼덩쿨, 도굴 당한 무덤 속을 다시 파헤치고 들어가듯 비를 칼처럼 거머쥔다. 음습하게 목을 조여오는 곰팡내를 쓸어낸다. 기세등등 뻗어나간 풀을 걷어낸다. 풀 뽑은 자리마다 돌을 눌러 놓는다. 잡초가 다시 살아나지 못하도록 굵은 소금을 뿌려놓는다. 낡은 잠이 쏟아진다.

기찻길 옆 오막살이

아니 머리맡에서 개울물이 흘러간다구요?
아니 머리맡에서 물벼락이 쏟아진다구요?
메꽃이나 닭의장풀이나 며느리배꼽을 우두커니 바라
본다구요?
저런 꽃도 사람이 먹을 수 있는 꽃인가?
중삼절, 중구절 꽃 따먹던 사람들이 보이나요?

들어보셨어요?

밥풀이 불어터지는 소리
먹다 남은 우거짓국에 곰팡이 피는 소리
망사주머니에서 감잣살이 무르는 소리
햇볕이 뒷담을 ㅊㅊㅊㅊㅊㅊㅊㅊㅊㅊ 기어가는 소리

마음이 무말랭이처럼 오그라붙은 날
개천 둑방에서 듣던 기차 소리를 듣고 싶다구요?

미역

말라버린 바다
육체는 뭍으로 끌려나와
어둠의 시원로 풀어지다.

모래그물

빈 덕장을 쓸고 다니는 해감내는 여전합니다
파도 비늘이 묻어 있는 모래바람도 여전합니다
모래 속에 파묻힌 그물을 쪼아대는 바닷새는 아직 그
마을에 있습니다

방파제 좌판에서 쥐치 한 마리를 삽니다
도마 위에 쥐치를 올려놓고 손바닥으로 몸통을 누르고
아가미에 칼을 꽂습니다
꼬리지느러미가 팔딱 뛰다 내려앉습니다
등뼈 가시가 팔딱거리는
아가미가 뻐끔거리는
칼비질에 쓸려나간
쥐치 한 마리
지느러미를 출렁이며 모래그물을 빠져나갑니다
성게 바위 뿌리가 별처럼 떠오르고
모래그물에 걸려 꺼꾸러져 있던 폐선들이
유등을 켜들고 밤바다로 흘러 들어갑니다.

겨울 부둣가

검은 바다를 지고 소나무는 죽어서도 서 있다
컴컴한 파도 소리가
질퍽거리는 부둣가를 지나가고 있다

텅 빈 수산시장 공판장 콘크리트 건물 앞에
검은 장화를 신은 사내가
소주병처럼 뒹굴고 있다.

들판 · 1

다시 들판이다 풀꽃들은 이미 꽃잎을 떨군 후라

바람 불 때마다 흔들리던 풀대들도 겨울 햇발에게 어
지러운 마음을 던져주고 있는 때라

이제는 풀꽃들의 이름을 찾아볼 수 없다

저마다 키를 낮추는 들판에서 오랜만에 마주치는 찬기
운, 듬성듬성 서릿발이 일어서고 있다

귀가 아리고, 누가 가슴을 치는 것일까

먼데서 딱다구리 아름드리 나무에 제 부리를 한없이
찍어대는 소리

가슴 깊이 끌어안고 있던 물기들이 쩡쩡 얼어붙는 소리

시린 손에 입김을 불어대며 언 가슴을 풀어본다

희끗희끗 눈발이 쌓인다

풀꽃들이 눈 속에 묻힌다

얼어터진 내 가슴도 그 눈 속에 묻는다

놓쳐버린 햇발의 손목은 다시 생각하지 않기로 한다.

들판 · 2

꿈, 틀,
꿈, 꿈 꾸-움 꿈-틀,

즈믄밤 초생달처럼
순한 등짝을 구부렸다 펴며
발도 없이 발버둥을 치며
버러지가 산다.

들판 · 3

들판에 서면 찬 곳으로 내몰린 것들의 웅성거림이 들린다. 놀란 가슴들이 두 손을 모두어 잡고 기도하듯 엎디어 있다. 들판에 서면 푸른 문신들이 쫓겨가는 서릿발 울음소리가 들린다.

들판 · 4

　푸른 하늘 속에 꽃으로 피어 여자라 읽어버렸다. 나비가 되어 무당벌레가 되어 사랑이라 읽어버렸다. 뙤약볕 아래 미동도 없이 혹은 서릿발로 얼어붙은 그림자가 되어 고독이라 읽어버렸다. 바람 불어 흔적없이 사라지는 꽃숭어리들, 세상은 불구덩이야. 불구덩 속이야. 병째 들이켜는 소주 맛이야. 꽃 피었다 진 자리, 나비 앉았다 날아간 자리, 신갈나무 텅텅 부러진 자리, 불길 속에 던져넣으며 눈물이라 읽어버렸다. 투쟁도 원망도 후회도 그저 눈이나 비처럼 오다가 그치고 다시 오는 이 별의 삶이라 읽어버렸던 마른 기억들을 몽땅 쓸어내며 싸리비 내려놓는다. 나뭇가지 딱 부러진다.

들판 · 5

다시 꽃이 보인다
꽃이 흐르는 강물을 본다
꽃문이 열리는 바람소리를 듣는다
물은 흘러가면 그만이고
바람은 자고 나면 꿈도 아니다
조팝꽃 개울가 따라 주르르 피어나
배고품을 견디지 못해
허겁지겁 꽃을 따먹는 아이들
꽃 진 자리 남아 있으리라
돌아보면
밤이슬에 흠뻑 젖어 돌아오는
쑥국새 울음소리가 꿈결처럼 들려온다.

4부

블랙홀 나무

나는 늙었다
아무도 나에게 무엇을 바라지 않는다
나는 새로운 것을 하기로 마음먹었다
생각해선 안 되는 생각을 하고 있다
예를 들면, 내일은
블랙홀 나무를 심을까?

울음나무

배나무 한 그루 초목 삼아 오지분에 모셨다. 강가의 흰
돛대 모양 희디흰 꽃들이 흐드러지게 피어나 나비도 불
러들이고 개미에게도 자리를 내주는 넓디넓은 마음자락
도 엿보았다. 해마다 씨알이 봉긋한 애기가슴처럼 똘배
도 몇 개 매달더니 올해는 무슨 연유인지 유난히 거미줄
에 엉켜들더니 입추가 지나고 추분이 지나도록 어디에도
배가 없다. 여름 내내 정신없이 가지와 가지 사이를 흐르
던 나팔꽃 덩굴을 걷어주고 마른 잎을 털어주었더니 아
니, 거기, 가득, 도무지 배나무나 나나 올해 어떤 여름을
보냈기에 동지가 가까워 오도록 배나무는 사람 눈 밖을
벗어나 가지가 휘어지게 울음을 매달고 있는 것이며 나
는 웬일로 사람 눈 밖으로 벗어난 그 울음나무를 보아버
렸는가.

무화과나무

단추만 누르면 오르가슴을 수없이 경험한다는 딜가도
상자를 흰쥐의 오른쪽 뇌에 심어 주었는데 흰쥐는 먹는
것도 자는 것도 잊으며 미친 듯이 6천 번씩 오르가슴 단
추를 누르다 마침내 오르가슴 끝에 죽었다

벌은 알고 있네 저 꽃 속에
깊이 숨겨진 꿀을 알고 있네
꽃향기는 손으로 만져볼 수 없지만
온누리 그윽히 그 향기 퍼져 있다네

해는 나한전 뒷곁으로 길게 떨어지고 있었다
화초밭의 시든 꽃대궁을 털어내며
사라하의 죽음과 사랑 노래를 따라 부른다
갈데없는 깨꽃이고 분꽃이다
어디를 잡아도 말없이 끌려나오는
눈물 자국인 듯 산발한 머리채인 듯 화초의
앙상한 가슴뼈를 끌어안으며
화초밭을 넘어선다

아무래도 무화과나무에는 딜가도 상자 귀신이 붙었을
거야
문수 행자가 불어터진 시래기를
자배기째 덥석 집어 들고 공양전으로 들어간다.

마음빚나무

　산철쭉 가까이 있던 사철나무 가지 하나가 산철쭉 곁에 뿌리를 내렸다 사철나무는 머리만 땅에 대면 잠을 자는 사람처럼 넘어진 줄기나 떨어진 이파리가 팔을 짚을 땅, 발을 디딜 땅만 보이면 눈감고도 뿌리를 내린다 사철나무의 깊은 내력은 알 수 없지만 살아남기 위해선 그처럼 악착같이 굴 수밖에 없었는지도 모른다 사철나무가 치고 들어간 산철쭉 뿌리의 땅속 내력은 알 수 없지만 산철쭉은 해마다 나뭇가지가 하나씩 죽어갔다. 사철나무는 옛날 호랑이 담배 먹던 시절처럼 떡 하나 주면 안 잡아먹는다고 산철쭉이 뻗어가는 길목마다 지키고 서서 목을 조르고 있는지 모른다. 더 이상 두고 볼 수가 없다 산철쭉으로 뻗어나간 사철나무의 실한 가지를 잘라냈다 산철쭉의 죽은 가지도 잘라냈다 산철쭉도 가벼워지고 사철나무도 가벼워졌다 뜰 한쪽이 휑하니 비었으려니 생각하고 멀직이 돌아서보니 두 나무 사이로 그동안 너무 무거워 무게조차 알 수 없던 마음빚나무가 서 있었다.

야키족 돈후앙 · 1

　돈후앙 영감을 생각하면 언제나 바람이 분다 내쉬고
들이쉬는 숨만 생각하며 바람 속으로 깊이 들어간다 맙
소사! 돈후앙은 마법사, 둥근 달집에 불을 당긴다

　"산이 무너지고 물이 마르고 땅이 갈라지고 물불이 다
투는 것은 다 땅의 일이죠."
　"자넨, 늘 자기 행동을 설명해야만 속이 시원한가 보
이, 이 세상에서 자기만 뭔가 잘못된 것처럼 말이야, 자
존심이라는 거지, 낡은 거야."

　잘 타라 잘 타라 청솔가지에 새끼줄로 휘휘 감은 둥근
달집 환히 타오르고 달집을 세우고 있던 기둥 환히 타오
르고 둥싯, 달이 더 높이 떠오르고 "풍년이다" 맙소사!
바람 끝을 잡은 돈후앙 영감이 온몸에 마른 섶나무를 두
르고 달집 속으로 뛰어든다.

야키족 돈후앙 · 2

산비탈을 달려가던 돈후앙은 내 쪽으로 방향을 틀며 공을 찼다 순간, 가슴이 슬쩍 뒤로 밀리면서 나는 공을 힘껏 껴안았다 하나의 정물인 양 눈을 감고 앉아 있던 낯선 세계가 미끄러지듯 파고들었다 '달려라, 토끼야, 달렷!' 동그랗게 가슴을 구부리고 동그랗게 안으로 눈을 뜨고 깊숙이 들이마신 숨을 동그랗게 부풀린다 뿔 난 토끼를 잡는 사냥꾼이야 마법이야 사랑이야 허깨비야 말 속에 움푹움푹 눌린 내 몸의 구석구석을 함께 부풀린다 아아 미처 다다르지 못한 몸의 꿈을 훤히 내보이는 지상에서의 마지막 춤이다 한동안 내 왼쪽 어깨를 지켜보며 '어이 같이 가지' 단숨에 내 몸을 삼킬 듯 어금니를 내보이던 죽음의 무게가 바람을 으적으적 씹어삼키며 공의 세계로 미끄러지듯 빨려들어갔다 "난 아직 당신에게 아무 짓도 안했어!?" 툭, 치면 닿을 한 팔 거리에서 야키족 돈후앙이 콧노래를 흥얼거린다.

야키족 돈후앙 · 3

네 발로 지나간 발자국을 짚어 나간다 짐승처럼 엎디어

침묵

을 사냥하는 돈후앙, 동쪽으로 머리를 두고 바람의 행
보를 쫓는다 나뭇가지와 나뭇가지 사이로 바람이 달린다
이파리 위에 이파리의 그림자가 앉아

이파리

가 밀려나온다

어 /느 / /날 / 나 / /는 / / /내 / /키 / /만 /큼 / /
공 /중 /으 /로 / /떠 / / /올 /랐다 // 사 / / /빠띠 /에
/나 / /수행자처 /럼 /뼈와 불/ 사이 / 섬과 /꿈 사이 /
물과 / 길 사이 //별똥/ /나무 /와 잎사귀 /사 /이에 /
사람//기 / /둥을 세 / /우 /는 / / / / / / / / / /무당
/ /돈후앙 /을 // / / / / / / / / / / / /

/ /// / / / / / / 보 / 았 / /   / / / /   / /
    / / / / / / / /
  / / 다

  구함이 많으면 궁리가 많은 법, 덤불숲을 작대기로 후
려치며 고삐를 끊는다 어둠은 그믐밤으로 돌려보내고 밝
음은 태양으로 돌려보낸다 그럼, 바람은 어디로 돌려보
낸다?

토우 · 1

　그대는 황하의 긴 흐름으로 오는가 구마라집 초당을
멀리 바라보다 바쁜 걸음으로 돌아오는 부끄러운 내 발
짝 소리를 씻어주는가 고요히 잠든 그대 침실 가까이 몰
골 초라한 소나무 한 그루 옮겨 심느니 극약처방인 양 그
대는 토우를 내리시는가.

토우 · 2

    씻겨나갈 것들 모두 떠나보내느니 달도 차오르고 어디선가 동침을 꿈꾸며 찬물을 붓는 소리, 입에 물을 머금은 채 눈을 씻는 소리, 콧구멍으로 들이마신 물을 입으로 뱉어내는 소리, 집게손가락으로 귀를 씻고 목 뒤를 씻고, 반목욕을 끝내느니 깨끗한 담요 위에서 연꽃자세로 혹은 깊게 절하는 자세로 마악 소나기 구름을 벗어난 달빛, 젖은 알몸을 품어보느니

    바람개비를 돌리며 초동이 오시는가 찢어진 북소리를 따라 흰나비 날아오르는가 노란 머위꽃 깨진 징소리를 터잡아 무더기무더기 피어나는가 떠나보냄도 맞이함도 이쯤이면 그대 뜻에 어긋남이 없겠는가.

토우 · 3

　그대는 라마승이 부는 피리 소리로 나를 부르는가 별떨어지듯 맥을 풀고 절. 둑. 절. 둑 먼 길을 가고 있는 나를 불러세우는가 맨발로 터벅터벅 길을, 길을 가아아아아아아아아아아아아는 내 살 속에 묻혀있는, 내 뼈 속에 박혀있는, 내 핏속에 흐르는, 아무도 알 수 없는 그 뜻에 그대의 귀를 주는가 살아보라! 살아보라! 살아보라! 살아있다! 죽었다 다시 펄. 떡. 펄. 떡. 맥이 뛰는 이 누더기 말라비트러진 젖통을 들어낸 채 감지 못한 퀭한 눈 썩어문드러질 살의 무게 겁없이 들락거리는 들쥐들이나 불러들이리 그대여, 뜻도 버려지면 구더기는 절로 자라는가 까마귀 울음소리가 되어 천장터 높은 계곡으로 흩어지는가 이윽고 바람으로 남은, 라마승이 부는 인골피이이이이이이리리리가 된, 나를, 그대는 지금에사 부르는가.

토우 · 4

　망하자고 오지항아리를 바싹 깨뜨리고 나니 흥하기에
장애가 한둘이 아니듯이 망하기도 장애가 한둘이 아니구
나 둥근 항아리 속에서 둥글둥글 살아가던 웃음들이 누
런 이빨을 드러내고 바닥으로 눙쳐 놓았던 불안들이 여
기서 저기서 칼을 품고 달겨드는구나 부스럼 같은 사금
파리 하나 남기지 않고 비질을 하여도 여전히 깨진 항아
리는 남아 있구나
　"햇빛도 없는, 공기도 머물 수 없는, 바다 깊은 곳에서
내가 어떻게 숨을 쉬고 어떻게 잠을 자고 어떻게 사랑을
하는지 물어서 알려고 하지 말라"
　오고 감이 본래 없다, 껄껄대며 호탕하게 웃는 늙은이
가 있구나 오지항아리는 깨지고 그대는 망했다.

입관

베옷 설피설피
길을 내며 저승 노자 깔아드려도
그 어른 살아 계실 때처럼
빈손이다

살아 있다는 것은 말만 있는 것은 아닐까

얼큰한 해장국 한 사발 훌훌 퍼마신다
뜨거운 눈물마냥
빈속을 타고 흐른다
손바닥으로 가슴을 쓸어내린다

늙은 개는
컹컹컹
흩어지는 눈발을 쫓아 짖는다.

파관破棺

　빈 잔마다 가득 차 있던 침묵은 깨졌다. 불구의 오른팔을 흔들며 부르던 노랫소리, 술 없이는 한마디 소리 내지 못한 눈물단지를 쏟아버리는 소리, 왜경에게 붙들려간 형이 흠씬 두들겨 맞고 말 잔등에 업혀오던 말발굽 소리, 관 뚜껑에 대못을 치는 소리, 관을 메고 대문을 나서며 박이 깨지는 소리, 부적을 파고 천수경을 외고 향을 사르고 만경 은하수 담아 옥수를 올리던 옥천사 목탁 소리, 한 생의 기침 소리는 보푸라기처럼 땅에 묻히고 널빤지는 식솔들 언 손 녹여주는 불길로 남았다. 스스로 타오르는 불길 앞에 그 어른 좋아하던 술 한 잔 가득 따라 올렸다.

*파관破棺 : 탈관장례법으로 시신을 관 없이 매장하고 난 뒤 관을 태움.

하관

지난밤,

밤새도록 눈은 내려

부정한 것들 말끔히 씻어 덮고

정월 초사흗날,

하늘은 맑고

향 줄기를 타고 돌던 저승새는

지상의 서글픈 별 하나를 물고

산과 들

하얀 하늘에 묻혀 구름처럼 흘러갔다.

할머니의 달

오래 누워 계신 할머니의 잔기침 소리가 들렸습니다. 썩어 주저앉은 쪽마루에 무르츰이 앉아 고양이 등을 쓰다듬고 있던 손녀가 먼지처럼 풀썩 일어났습니다. 손녀는 우물가로 달려가 고양이를 던졌습니다. 두레박이 풀렸습니다. 눈알 빠진 해골처럼 검은 우물 안에 고양이 울음소리가 번졌습니다. 철벅철벅 우물 안을 허우적거리는 소리를 내며 두레박이 올라왔습니다. 두레박에 담긴 물은 고스란히 놋대야에 옮겨 앉았습니다.

할머니는 목련꽃 꽃망울이 드문드문 맺혀 있는 홑이불을 머리꼭지까지 덮고 있습니다. 손녀가 홑이불을 스르르 걷어내자, 백골처럼 누워 있는 할머니 얼굴에 쉬파리들이 새까맣게 달라붙었습니다. 손녀는 할머니를 일으켜 벽에 기대 앉혔습니다. 마른 똥이 떡지게 붙은 머리칼에 할머니는 동백기름인 양 놋대야 물을 찍어 발랐습니다. 누런 금가락지가 헐렁하게 돌아가는 갈퀴 같은 손가락이 참빗인 양 반듯한 가리마를 타고 흘러내렸습니다.

저어기, 김해 만경 옥천사玉泉寺라는 절이여. 물이 을메나 맑고 시린지 절 이름이 옥천사 아니것냐. 느그 할아

버지 땀시 절을 떠났제. 남정네 따라가는디 중 옷이 뭔
필요 있것냐. 고이 벗어 법당에 올리고 달이 훤한 산길을
내려오는디, 엄니헌테 끌려서 삭발하던 밤처럼 말여, 소쩍
새가 으쩌나 서럽게 울던지 말여, 눈앞을 가려서 말여. 아
가, 시방 저 피 터지게 우는 소리가 소쩍새 소리 맞지야?

   그때였습니다. 할머니는 죽은 핏빛 같은 홑이불 위로
덜컥 고꾸라졌습니다. 할머니가 거울처럼 반짝이는 놋대
야 속으로 들어서자, 낡은 다락문을 지키고 있던 거북이
며 사슴이며 학들이 대나무 숲을 등에 업고 따라 들어갔
습니다. 부뚜막에 앉아 있던 고양이가 굴우물을 돌아 대
문을 나서고, 어둠 속에서 나뭇가지 하나가 고개를 쭉 내
밀어 초승달을 목에 걸고 있습니다.

정랑淨廊

정랑은 계곡 구덩이를 파고 널빤지를 앉혀 놓은 게 고
작이다. 허방을 딛듯 널빤지는 가벼운 몇 걸음에도 출렁
거린다. 나무 문고리를 벗겨내자 안에서 누군가 밀고 나
오듯이 문이 확 열린다. 아무도 없다. 참을 수 없는 설사
병이나 참을 수 없는 화병 같다. 구멍 가장자리로 오줌
자국이 길게 퍼져 있다. 발끝을 밀며 구멍 사이에 엉덩이
를 까고 앉는다. 바짓가랑이에 똥 묻을까 오줌지릴까 내
려 벗은 바지춤을 꼭 싸잡아쥔다. 문턱에 벌집 두 채가
눈알처럼 걸려 올려다본다. 뜯겨진 나무판자 사이로 빼
곡하게 박힌 철쭉 가지들도 눈을 맞추며 기웃거린다. 철
쭉이 피면 정랑에 들어앉은 몸이야 가려줄지 모르겠다.
달빛이 지랄같이 피는 밤이면 벌떡거리는 마음은 어쩔지
모르겠다. 오줌 떨어지는 소리가 참을 수 없는 웃음소리
처럼 들려온다. 아, 해우소. 구멍 속으로 떨어진 똥덩이
한 번 제대로 보지 못한 채 정랑을 나온다. 부목 할아버
지 마대를 끌고 미나리깡을 건너온다. 이게 뭐에요? 꽃
처럼 묻자, 두엄풀이구만, 솔가리 같은 답이 온다. 부목
할아버지는 삼태기에 두엄풀을 담아 정랑 아래로 내려선

다. 뭐 하려나? 밑도 끝도 없이 똥 치는 구멍 속으로 부목 할아버지 머리가 들어가고, 가슴이 들어가고, 허리가 들어간다. 똥덩이 위로 하하하 두엄풀이 날린다. 놀라 그 자리에 멈춰 하늘을 본다. 날이 밝아오고 흐릿해진 달은 아직 서쪽에 남아 있다.

*정랑淨廊 : 절의 뒷간.

생명의 기적과 인간의 도리에 대한 연구

이승하 | 시인 · 중앙대 교수

　　고대 중국인들은 자연을 스스로〔自〕 그러한 것들〔然〕로
생각한 모양이다. 자연의 반대말은 '인공'이나 '문명'일
텐데 지금 이 세상은 문명이 자연을 줄기차게 파괴하고
있는 형국이다. 하루에 버려지는 컴퓨터나 냉장고나 스
마트폰의 수를 생각해보라. 하루에 버려지는 텔레비전과
자동차의 대수를 생각해보라. 그 제품 속의 전자부품과
반도체의 수를 생각해보라. 그것들 속의 수은과 카드뮴
의 양을 생각해보라. 땅에 버려져 토질을 심하게 오염시
키고 있지만 우리는 그것에 대해 아무런 생각이 없다. 신
제품 개발 효과나 수익성, 광고 효과 등만 생각할 뿐이
다. 우리 안중에 '자연'은 없다. 그저 돈, 돈, 돈만 이야
기하고 있다. 텔레비전 드라마의 내용이 어떤 것인지는
중요하지 않고 오로지 시청률만 문제삼고 있는 것이 현

실이다. 좋은 영화의 기준이 관객 동원 수에 좌우된다면 우리는 〈아이언맨 3〉라는 우스꽝스런 영화를 21세기 최고의 영화로 평가해야 하리라. 교환가치에 넋을 파는 사람들에게 의문을 제기하고, 자연으로 돌아가자고 외치는 시인이 있다.

> 얼음 풀리고
> 물소리 골짝 깨우고
> 물오른 나뭇가지 만삭의 몸이 풀리고
> 이름 없는 떡잎 두 장의 세상이 열렸더니라
>
> 떡잎 두 장이 애벌레를 키운다지?
> 애벌레는 새를 키우고
> 새는 나뭇가지 물어 둥지를 튼다지?
> ―「입춘」 제2, 3연

봄은 이렇게 오묘하고 신비로운 변화를 보여준다. 생명은 계절의 변화에 적응하고, 삼라만상은 봄이 되면 행동한다. 이와 같은 자연의 변화에 우리는 관심을 기울이지 않고 주식 시세에 관심이 가 있다. 아파트 전세금 인상(혹은 하락)에 전전긍긍하고 집값 하락(혹은 인상)에 낙심한다. 로또복권 결과에 환호하고 내가 응원하는 프로야구팀의 연패에 풀이 죽는다. 하지만 시인은 자연의 변화를 말해주는 존재이다. 텔레비전 기상 캐스터는 기상 관측에 의한 정보만 전달하지만 시인은 자연을 직유나 은유로, 상징이나 역설로, 아이러니나 알레고리로 종이라는 화폭에다 언어로 표현한다. "옛날 옛적/ 이름 없는 떡잎 두 장이/ 하늘 열고 땅을 품은/ 봄꽃 엄마를 낳았더니라." 하면서 자연의 변화를 자연만큼이나 자연스럽게 말해주는 존재가 바로 시인이다. 절기에 따른 자연의 변화는 당연한 것이 아니라 기적이다. 꽃샘추위 한가운데 "선잠 깨 칭얼대는/ 아기꽃 어르며/ 한 번도 들어본 적 없는 푸른 옹알이 들려주네"(「푸른 옹알이」) 것도 기적이요, 캄캄한 땅속에 묻혀 있던 씨앗이 "가장 멀리까지 가장 황홀하게 퍼지는 노랫소리"(「씨, 앗,」)가 되는 것도 기적이다.

바람만 불어도 굴러가는 씨,
어디에든 달라붙어 퍼져나가는 씨,
화살처럼 작살처럼 가시처럼 꽂혀 업혀가는 씨,
매달려 있다가 곤두박질치며 폭발하는 씨,
불꽃처럼 터지는 씨,
어디서 왔고 어떻게 떠날 것인지 들려주는 씨,

앗,

검은 물웅덩이로 유성들이 쏟아지고 있어.
　—「씨, 앗」 마지막 2연

　씨앗이란 것 자체가 "앗," 하고 놀랄 만큼 기적적인 존재이다. 씨앗 자체는 무생물이지만 유전인자를 갖고 있어 땅에 떨어지면 뿌리를 내리고 싹을 틔운다. 잎을 피우고 열매를 맺는다. 생명체로 탈바꿈하여 향기를 풍기고 탄소동화작용을 한다. 씨앗이 결국에는 "검은 물웅덩이로 유성들이 쏟아지고 있"는 신비를, 아니 기적을 연출한다. 생명체가 이룩한 탄생과 성장의 기적은 시인이 이번 시집을 통해 말하고자 한 궁극적인 주제이다.
　살아 있다는 것과 살아간다는 것 또한 대단한 기적이다. 만남도 기적 같은 일이다. '어떤 이'와 '다른 이'가 그때 그 순간 그 자리에 함께 있게 되는 '만남'은 사실 기적 같은 일이다. 신의 섭리라고 말하는 사람도 있지만 신이 모든 인간의 만남과 헤어짐의 자리에 함께할 수는 없는 법이다. 몇 억 겁의 인연과 필연이 겹치고 일치해야 가능한 것이 만남이고 결합이다. 창조의 결과건 인연의 결과건 간에 인간과 인간의 매 순간의 만남과 헤어짐은 기적 같은 일이다. 아니, 기적이다. 그러기에 이 시간 살아 있음을 기뻐하고 시간을 아껴야 하지만 우리가 어디 그런가. 스스로 불행하다고 생각하고, 남을 탓하고, 무위도식하고, 인간뿐만 아니라 뭇 생명에게 해코지를 한다.

지구상에는 수많은 생명의 종이 있어 지금 이 순간에도 태어나는 것이 있고 죽어가는 것이 있다. 그런데 대다수 생명체 종의 멸종에 관여하고 있는 것이 우리 인간이다. 김정묘 시인의 시집 원고를 읽으며 거듭 생각한 것은 '생명의 기적'과 '인간의 도리'다.

일본 NHK 위성방송 '생물의 묵시록' 프로젝트 팀이 편찬하고 세계자연보호기금 일본위원회(WWF Japan)가 감수한 책 『지구에서 사라진 동물들 Lost Animals』(도서출판 도요새)이란 책이 있다. 서문을 쓴 프로젝트 팀의 대표 하야시 나오히사 씨의 말에 의하면 20세기 100년 동안 절멸한 동물의 수는 이백 몇 십 종이라고 한다. 21세기인 지금은 멸종하고 있는 동물과 식물, 곤충의 수가 훨씬 많다고 하는데, 그 이유는 누가 얘기해주지 않아도 알 만한 일이다. 하늘의 공해와 땅의 오염이 나날이 심해져 지구온난화를 막지 못하고 있으므로 조직적인 남획과 남벌이 아니더라도 동물과 식물, 곤충이 견디지 못하고 마지막 한 개의 개체가 사라지고 있는 것이다.

　　한 입에 달을 삼키고
　　저 어미새

　　둥지 가득
　　저 어린 새끼들

주둥이 속으로

아

아

아

아

아

아

아

밀떡처럼 부드러운

달을 토해낸다.

—「폭설」전문

　기적 같은 일이어서 감탄사를 일곱 번이나 터뜨린 것
이리라. 어미새가 어린 새끼들에게 먹이를 물어다주는
장면을 연상할 수도 있겠지만 제목으로 봐서 달은 숨어
버렸고, 폭설이 그치면서 달이 다시 모습을 드러내는 것
으로 여겨진다. 폭설 속의 달과 둥지 속 어린 새의 주둥
이 속을 비교해서 생각해보면 이 모든 것이 자연의 이치
대로 운행되고 있음을 알 수 있다. 자연은 스스로 그러하
거늘 우리 인간은 개발논리를 앞세워 4대강에 보를 만들
고 '에잇시티'를 만들려다가 '에잇 안 되겠군' 하는 생각
에 도시의 한쪽이 황무지가 되어 있는 상태로 팽개쳐버
린다. 열대우림을 불지르고 밀림을 불도저로 민다. 고타

마 싯다르타나 예수 그리스도는 결코 이런 '개발'과 '발전'을 원했던 분이 아니다. 성인과 성자가 원한 것은 자비와 사랑이었다. 인간의 인간에 대한, 인간의 자연에 대한.

어디서 시작되었을까요.

산골짝 돌아 산언덕 너머 산길 타고, 초파일 오색등 환하게 마을로 마을로 흘러내려옵니다. 아이도, 젊은이도, 늙은이도, 여자도, 남자도, 소도, 돼지도, 개도, 고양이도, 닭도, 토끼도, 까치도, 제비도, 비둘기도…… 모두 오색등을 따라옵니다. 꽃집 앞으로, 파출소 앞으로, 예배당 앞으로, 시청 앞으로, 식당 앞으로, 병원 앞으로, 학교 앞으로, 세탁소 앞으로, 방앗간 앞으로, 구멍가게 앞으로 큰길 따라 골목길 따라 초파일 오색등 길게 길게 흘러내려옵니다.

하늘 연꽃이다!

모두가 한마음으로 오색구름처럼 흘러내려 온 초파일 연등을 올려다봅니다. 등줄 잡고 내려오신 노스님 허리 굽히시고 아무도 눈치채지 못하게 연등 아래 버려진 쓰레기 주어 담습니다. 찌그러진 깡통, 담배꽁초, 비닐 쪼가리…… 함부로 쓰고 버린 욕심과 성냄과 어리석음 쓰레기도 말없이 주어 담습니다. 밤이 오고 마침내 초파일 오색 등불이 켜지

자, 붉은 등불, 초록 등불, 노란 등불, 분홍 등불, 파란 등불,
노스님이 주어놓으신 쓰레기 봉지 봉지에도 등불이 환하게
들어옵니다.
　　　　─「하늘 연꽃」제2~4연

　사람도, 가축도, 애완동물도, 토끼도, 까치도, 제비도,
비둘기도 모두 오색등을 따라온다고 한다. 모든 생명체
를 불가에서는 불성을 가지고 있는 존재로 보고, 기독교
에서는 피조물로 본다. 큰길 따라 골목길 따라 흘러 내려
오는 이런 생명체야말로 '하늘 연꽃'이다. 사월 초파일
의 오색등이 하늘 연꽃이라고 생각한다면 큰 오산이다.
하늘 연꽃은 지상의 수많은 생명체이다. "환하게 마을로
마을로 흘러내려 온다"고 하는 것은 순응이나 순명, 혹
은 순종을 뜻하는 것이다. 그런데 연등 아래 버려져 있는
것은 쓰레기다. "찌그러진 깡통, 담배꽁초, 비닐 쪼가리"
와 우리 인간의 "쓰레기처럼 함부로 썼던 욕심과 성냄과
어리석음"이다. 하늘의 연꽃인 우리가 지상에다 이런 쓰
레기를 쌓고 있으면 안 될 일이다. 쓰레기처럼 함부로 썼
던 "욕심과 성냄과 어리석음"을 부린다면 더더욱 안 될
일이다. 바로 그런 결심을 한 시인은 마지막 연에 가서
결심을 마음 깊이 다지고 있다.

　어디서 시작되었을까요.

맘속 욕심내, 지금보다 더 나은 내일을 기다리는 어두운 그 자리에 연꽃 같은 부끄러움을 걸어봅니다. 맘속 성내, 말을 말아야지, 무시하고 돌아서는 어두운 그 자리에 연꽃 같은 웃음을 걸어봅니다. 맘속 어리석어, 옳다고 기를 쓰며 벌벌대는, 변명하려고 벌벌대는, 참으려고 벌벌대는, 포기하며 벌벌대는 어두운 그 자리에 연꽃 같은 향기를 걸어봅니다. 하늘 높은 못에도, 맘속 어두운 못에도 온 세상 환하게 하늘 연꽃 피어납니다.

　　―「하늘 연꽃」 마지막 연

시인은 맘속 '욕심내'와 '성내'와 '어리석음'을 떨쳐버리고(그 과정이 쉽지 않았음을 '벌벌대는'이라는 동사를 네 번이나 사용하여 강조한다) "어두운 그 자리에 연꽃 같은 향기를 걸어보는" 행위를 함으로써 "하늘 높은 못에도, 맘속 어두운 못에도 온 세상 환하게 하늘 연꽃"이 피어난다고 보았다. 자연의 이치나 신의 섭리가 크게 다르지 않다. 우리 인간이 이기적인 마음을 버리고 뭇 생명체를 잘 보살피면 이 지상은 천국이 될 것이고 이기적인 마음으로 남획과 남벌에 나서면 지옥이 될 것이다. 시인은 그저 "집 나간 지 오래인 아버지를 기다리는 어머니처럼 당신이 한 자 한 자 사경을 하던 천수다라니"(「박하사탕 녹는 시간」)를 외워보기도 하고 "마른 석류를 화초밭에 묻"(「석류의 시간」)기도 한다. 마음을 다스리기 위해 사람들은 절에서

참선을 하기도 하고 성당에서 기도를 하기도 하는데 시인은 바로 그런 '마음을 다스리는' 행위를 통해 욕망의 초극에 나섰던가 보다.

2부에서는 자연이 산천초목과 우주로 확대된다.

내가 이렇듯 툇마루에 앉아 몇 생을 살았을까. 아니 내가 이렇듯 사람처럼 숨을 쉬어본 적이 없는 초생인初生人이라는 생각이 들었다. 그리고 나는 비단잉어나 파랑새나 고양이나 개나 쥐나 닭이나 귀뚜라미나 잠자리로 살면서, 아니 오리나무, 감나무, 사시나무, 개나리, 질경이, 고들빼기, 며느리밥풀꽃, 뻐꾹채꽃, 솜방망이, 애기똥풀로 살면서 얼마나 오랫동안, 사람 곁을 맴돌았을까. 아니 꽃도 시들해, 이렇듯 툇마루에 앉아 돌멩이가 돼버리는 꿈을 꾸었을까.

— 「맴돌다」 전문

억만 겁 전생에 꽂은 비수일까. 치명적인 화살촉처럼 등에 꽂힌 가시연꽃. 진창의 일만 파도가 한 폭의 그림처럼 지워지고 다시 보인다. 연못 속 밝은 달, 유령고래 찾는 노랫소리 달빛 따라 흐른다.

— 「흐르다」 부분

접어두어야 할 말이 많은 날은
가슴 복판으로 은하수를 흐르게 하자

별이 되어 흐르다
황도 12궁, 그 끝에 이르러

침묵 속에
뼈를 박고

절로 흐르는 물살에
뼈가 다 닳아질 때까지
별들의 맥박을 세어보기로 하자
　　―「물고기 별」 부분

　이런 시를 보면 시인의 상상력의 공간이 먼 우주로 확대되고 시간대가 "억만 겁 전생"으로 거슬러 오름을 알 수 있다.「맴돌다」는 중국의 고사에서 연유한 남가일몽南柯一夢이나 한단지몽邯鄲之夢을 떠올리게 한다. 깨어보니 지난 생이 한바탕 꿈이었으니 덧없다, 우리네 인생이여.
　윤회를 믿든 믿지 않든지 간에 생명은 유한하고, 그래서 덧없다. 그런데 우리는 영원히 살 수 있는 것처럼 제 욕심대로 살려고 하지 않는가. 인간세상의 수많은 범죄 중 자신을 유한자로 인식하지 못한 데서 온 것이 태반이다. 부처가 유언으로 남긴 말은 '산 사람은 반드시 죽게 되어 있으니 죽는 그 순간까지 정진을 해야 된다'는 것이었다. 우주적 시간대에서 보면 인간 수명의 한계치라고 할 수 있는 1백 년도 한순간에 지나지 않는다. "비단잉어나 파랑새나 고양이나 (중략) 뻐꾹채꽃, 솜방망이, 애기똥풀"의 수명은 더욱 짧다. 죽음의 순간이 카운트다운되고 있지만 우리는 수명이 긴 거북이나 은행나무나 느티나무가 된 듯한 착각 속에 빠져 산다. 시인은 바로 이런 것들을 지적하고 있다. "절로 흐르는 물살에/ 뼈가 다 닳을 때까지/ 별들의 맥박을 세어보기로 하자"는 것은 우주의 질서, 혹은 하늘의 이치를 무시하지 말고 살아가자는 자기다짐을 해보는 것이며, 동시에 이런 철학을 뭇독자에게 권유하는 것이다. 「무지개 별」「떠돌이 별」「쇠똥 별」「웅덩이 별」「봄밤, 별빛에 취하다」 등의 소재는 다 다를지언정 주제는 하나같이 '인간의 도리'에 대해 말해주는 것이다. 그리스도가 말하기를, 낙타가 바늘구멍 속으로 들어가는 것보다 부자가 천국으로 들어가는 것이 더 어렵다고 했다. 네 이웃을 네 몸처럼 사랑하라고 했다. 이런 말에 담겨 있는 메시지를 떠올리면 "쇠똥구슬 굴리는 쇠똥구리처럼// 하늘을 길 삼아/ 은하수를 나침반 삼아/ 이곳도 내 살 곳이려니/ 가는 빗줄기로 피리를 불며/ 붉은 소를 타고 가는 초동이 되고 싶다"(「쇠똥 별」)는 시인의 겸허한 자기반성의 말에 십분 동의하게 된다. 우리는 나누며 살지 않고 빼앗으며 살고, 베풀며 살지 않고 창고에 쌓으며 살고 있다. 인간의 도리를 다하지 않고 있는 우리 인간에게 시인은 이렇게 경고의 메시지를 날리고 있다.

자연의 이법 중에 '성적 욕망'이란 것이 있다. 이것이 시기적절하게 쓰이면 에로티시즘으로 승화될 수 있고 부적절하게 쓰이면 추문이 되고 추행이 된다. 시인은 전자에 집중한다. 즉, 시인은 생명체의 자연스러운 성을 아름답게 형상화한다. 어쨌거나 두 생명체의 만남이란 기적이 없으면 새 생명의 탄생이란 있을 수 없다. 수억 마리 정자가 여행을 한 끝에 하나의 난자를 만나 수정되는 기적을 생각해보라.

오늘밤 우리는 순한 짐승이 되기로 하였습니다 가까이 다가가도 멀리 달아나도 언제나 그만한 거리에서 바라보아야 할 하늘과 땅, 우리의 가슴과 가슴 사이에 놓여 있는 한 천억 광년의 거리쯤은 푸른 소의 바람 등에 실어 서쪽으로 밀어 놓고 하늘의 뜻으로 큰곰이 되어 올라가든 땅의 기운으로 어린양이 되어 내려오든 세상이야 콩을 심든 팥을 심든 오늘밤 우리는 한몸이 되기로 하였습니다 철없이 칭얼대는 음살성陰煞星도 젖을 물려 재워두고 노주가 무지개 뱃속에 창자를 달아 놓고 권커니 잣거니 술을 마셨다는 그 밤처럼 이 한밤을 홀딱 새우기로 하였습니다.
　　—「무지개 별」 부분

헤아리는 것이 불가능한 우연과 필연이 겹친 오늘밤에

극적으로 만난 우리는 순한 짐승이 되기로 한다. "하늘의 뜻으로 큰곰이 되어 올라가든 땅의 기운으로 어린양이 되어 내려오든 세상이야 콩을 심든 팥을 심든" 아무 상관이 없다. 오늘밤 우리가 한몸이 되려는 것을 방해하는 것은 아무것도 없다. "그날 밤 우리는 붉게 달떠 있는 혹성 하나를 이제 막 태양계의 초록별로 태어난 난초와 짝을 지어주고 보기 좋다, 보기 좋다 흐뭇하게 바라보"(「떠돌이 별」)는 것 역시 에로티시즘의 정수를 보여주는 장면이다. 조선조 양반들이 남녀상열지사라고 하여 읽지 말라고 했던 고려가요는 사실상 가장 자연스러운 인간의 욕망 분출이었다. "사내 등판처럼 짱짱한 저 어둠 속에서// 싱싱하게 물이 오르는 천지// 진달래꽃처럼/ 분홍 살빛을 지닌 그 여자는// 무르익은 봄밤,// 별빛에 취해,/ 잘 익은 두견주杜鵑酒가 되었다고 한다."(「봄밤, 별빛에 취하다」) 같은 구절은 인간의 원초적 생명력에 대한 예찬이 아닌가 한다. 「봐라, 꽃이다·1」「봐라, 꽃이다·2」 역시 생명체가 생명력을 멋지게 발휘하는 모습에 주목하여 쓴 시다.

3부의 시편은 수많은 생명체의 생명력 발현에 대한 꼼꼼한 관찰과 섬세한 묘사가 주를 이룬다. 거위벌레는 "하늘을 보고 반듯이 누운 채/ 한 쌍의 더듬이와 여섯 개의 발을 치켜들고 죽어 있"지만 실은 살기 위해 죽은 시늉을 하고 있는 것이다. 내 생명을 빼앗아가려는 존재들 앞에서 살아남으려는 몸짓이 눈물겹다. "대가 센 줄기들은 분질러버리고 질기디 질긴 껍질은 벗어버리고", "쌀뜨물 받아 은은한 뜸들이 불에 오래오래 끓인", "된장 냄새 구수한 아욱국"(「파루초 사랑」)에 대한 묘사도 치밀하다. 이처럼 아욱국이 만들어지는 과정이 시가 되듯이 일종의 생활시가 3부를 수놓게 된다. 「대장간에서」「정육점에서」「빈집에서」「폐가에 들며」「기찻길 옆 오막살이」「겨울 부둣가」라는 제목을 보면 어떤 특정한 공간을 시의 무대로 삼고 있음을 알 수 있다. 폐가조차도 "허리께를 족히 넘을 풀들이 마당을 메우고 사람의 접근을 막"고 있다. 즉, 생명체가 생명력을 발산하는 공간이다. 겨울 부둣가의 "텅 빈 수산시장 공판장 콘크리트 건물 앞에"는 "검은 장화를 신은 사내가/ 소주병처럼 뒹굴고 있다". 이곳 역시 생명체가 살아 숨쉬는 공간이다. 5편의 「들판」 연작시 역시 마찬가지다. 시의 공간적 배경이 생명체의 삶이 영위되는 생활공간이다.

꿈,틀,
꿈, 꿈 꾸-움 꿈-틀,

즈믄밤 초생달처럼
순한 등짝을 구부렸다 펴며
발도 없이 발버둥을 치며

버러지가 산다.
—「들판·2」 전문

들판이란 이런 곳이다. 그 어떤 딱정벌레가 힘겹게 목숨을 이어가는 곳, 하지만 그곳은 그 '버러지'의 삶의 터전이다. 먹이를 구하고 짝짓기를 하고 숨을 거두는 곳—우리 인간은 들판을 떠나 도시에 주거지를 마련했지만 동물과 식물, 곤충과 파충류는 지금도 들판에서 살아 숨쉬고 있다. 3부의 시에 대한 이해는 독자의 몫으로 돌리고 4부의 시로 눈길을 돌린다.

4부의 시는 나무 시 4편과 「야키족 돈후앙」 연작시 3편과 「토우」 연작시 4편, 「입관」 「파관破棺」 「하관」 「할머니의 달」 「정랑淨廊」으로 이루어져 있다. 시인의 생명의식의 결정판이라고 할까, 목숨을 갖고 있는 것들의 위대함을 설파하고 있다. 그와 함께 생명의 보존을 위태롭게 하는 것들에 대한 분노가 깔려 있다.

(상략) 해마다 씨알이 봉긋한 애기가슴처럼 똘배도 몇 개 매달더니 올해는 무슨 연유인지 유난히 거미줄에 엉켜들더니 입추가 지나고 추분이 지나도록 어디에도 배가 없다. 여름 내내 정신없이 가지와 가지 사이를 흐르던 나팔꽃 덩굴을 걷어주고 마른 잎을 털어주었더니 아니, 거기, 가득, 도무지 배나무나 나나 올해 어떤 여름을 보냈기에 동지가 가

까워 오도록 배나무는 사람 눈 밖을 벗어나 가지가 휘어지
게 울음을 매달고 있는 것이며 나는 웬일로 사람 눈 밖으로
벗어난 그 울음나무를 보아버렸는가.
　―「울음나무」 부분

왜 올해는 배나무에 제대로 배가 열리지 않았을까? 이
상기후 때문에? 아닌게아니라 우리나라는 이제 여름과
겨울이 있고 봄과 가을은 사라진 것이나 마찬가지다. 겨
울과 여름이 상대적으로 길어지다 보니 많은 봄꽃들이
제때 피지를 않고 혼란에 빠져 있다. 시인은 배나무 가지
가 휘어지게 울음을 매달고 있다는 것으로 파악, '울음
나무'의 탄생을 애달파하고 있다. 사철나무와 사이가 좋
지 않은 "산철쭉은 해마다 나뭇가지가 하나씩 죽어갔다"
(「마음빛나무」)고 했다. 생명체들이 외부환경의 변화에 적
응하지 못하고 고통받는 경우가 많아졌다. "단추만 누르
면 오르가슴을 수없이 경험한다는 딜가도 상자를 흰쥐의
오른쪽 뇌에 심어주었는데 흰쥐는 먹는 것도 자는 것도
잊으며 미친 듯이 6천 번씩 오르가슴 단추를 누르다 마
침내 오르가슴 끝에 죽었다"(「무화과나무」)는 것은 또 얼마
나 비극적인 상황인가. 그래서 "나는 늙었다/ 아무도 나
에게 무엇을 바라지 않는다"(「블랙홀 나무」) 같은 비탄에
찬 목소리를 내뱉게 된 것이 아닐까.
　류시화가 번역한 명상서 중에 『돈후앙의 가르침』이란

책이 있었다. 돈후앙은 1891년 멕시코 소노라에서 태어난 야키족 인디언인데 주술사다. 이 책의 저자 카를로스 카스타네다는 페루 출신의 문화인류학자로 돈후앙의 제자였다. 1960년대 초 애리조나와 멕시코를 여행하다가 시간과 공간을 자유자재로 조작할 수 있는 능력을 가졌다고 주장하는 야키족 인디언 돈후앙을 만난 뒤 곧 그의 제자가 되었고, 두 사람은 환각식물들을 이용한 일련의 신비체험에 몰두하였다. 카스타네다는 1968년부터 이 신비체험을 바탕으로 한 책을 시리즈를 출간하여 미국 내 베트남 반대운동과 뉴에이지운동의 기수가 되었다. 그의 책들은 전 세계적인 베스트셀러가 되었다. 시인은 이 책을 감명 깊게 읽었는지 이런 시를 쓴다.

돈후앙 영감을 생각하면 언제나 바람이 분다 내쉬고 들이쉬는 숨만 생각하며 바람 속으로 깊이 들어간다 맙소사! 돈후앙은 마법사, 둥근 달집에 불을 당긴다

"산이 무너지고 물이 마르고 땅이 갈라지고 물불이 다투는 것은 다 땅의 일이죠."
"자넨, 늘 자기 행동을 설명해야만 속이 시원한가 보이, 이 세상에서 자기만 뭔가 잘못된 것처럼 말이야, 자존심이라는 거지, 낡은 거야."

잘 타라 잘 타라 청솔가지에 새끼줄로 휘휘 감은 둥근 달
집 환히 타오르고 달집을 세우고 있던 기둥 환히 타오르고
둥싯, 달이 더 높이 떠오르고 "풍년이다" 맙소사! 바람 끝을
잡은 돈후앙 영감이 온몸에 마른 섶나무를 두르고 달집 속
으로 뛰어든다.
　　　　　　　　　　　　　—「야키족 돈후앙·1」전문

  이 책을 보지 않은 나로서는 이 시의 제1연과 제2연이
다 책 본문을 인용한 것인지는 모르겠지만 제3연은 시인
이 상상력을 발휘하여 쓴 것으로 파악한다. 시인이 유년
기에 보았던 달집태우기 풍습은 인디언의 풍습과 비슷한
부분이 있었나 보다. 나머지 두 편의 시도 우리의 세시풍
속과 인디언의 풍습에서 공통분모를 발견하여 쓴 것이
아닌가 짐작해볼 수 있다. 풍습이란 자연과 인간이 분리
되어 있지 않던 시절에 인간이 자연을 이용하여 신(천지
신명)을 만나고 신과 놀고 신을 경배하는 행위였다. 현대
문명은 인간이 자연과 함께 있는 것을 좀처럼 허용하지
않는다. 인간은 발달한 문명으로 자연의 지배자가 된 듯
하지만 실은 그 문명 때문에 때때로 자연에게 역습을 당
한다. 자연과 인간이 분리되지 않았던 시절을 대표하고
상징하는 것이 바로 토우다.

  그대는 황하의 긴 흐름으로 오는가 구마라집 초당을 멀리

바라보다 바쁜 걸음으로 돌아오는 부끄러운 내 발짝 소리를 씻어주는가 고요히 잠든 그대 침실 가까이 몰골 초라한 소나무 한 그루 옮겨 심느니 극약처방인 양 그대는 토우를 내리시는가.

　　ー「토우土偶·1」전문

토우란 흙으로 만든 인물상 또는 동물상으로 옛날 서아시아, 발칸 반도, 지중해의 여러 섬, 이집트 등 초기 농촌 유적에서 지모신과 양, 산양, 소 등의 모습을 한 토우가 발견되는데 모두 신에게 바친 봉납품인 듯하다. 특히 많은 것은 소형의 나체 지모신상인데 안면과 수족 등은 대강 만들고 흉부·허리 등 여성의 특징적인 부분은 강조했다. 시인은 우리 민족이 우랄산맥을 넘어온 기마민족인 동시에 시베리아 샤먼의 후예임을 「토우」 연작시를 쓰면서 새삼 상기한다. 두 번째 시는 다분히 주술적이고 세 번째 시는 다소 몽환적이다. 두 번째 시는 신비주의적이고 세 번째 시는 꽤나 설화적이다. 네 번째 시는 이 모든 것을 합쳐놓은 듯하다. 전설과 신화의 요소도 들어가 있다. 이런 시는 생명의 시원을 탐색하는 고고학자의 상상력이 있어야 쓸 수 있는데 김정묘 시인이 시도하고 있으니 낯설고 경이롭다. 이윽고 시집은 '죽음에 대한 연구'로 이어진다.

베옷 설피설피
길을 내며 저승 노자 깔아드려도
그 어른 살아 계실 때처럼
빈손이다

살아 있다는 것은 말만 있는 것은 아닐까

얼큰한 해장국 한 사발 홀홀 퍼마신다
뜨거운 눈물마냥
빈속을 타고 흐른다
손바닥으로 가슴을 쓸어내린다

늙은 개는
컹컹컹
흩어지는 눈발을 쫓아 짖는다.
ㅡ「입관」 전문

　어느 노인의 장례식 절차 중 입관하는 장면을 묘사하
고 있다. 그 어른이 "살아 계실 때처럼/ 빈손"이라는 말
이 인상적이다. 문상객들은 얼큰한 해장국 한 사발을 홀
홀 퍼마시고, 그것이 "뜨거운 눈물마냥/ 빈속을 타고 흐
른다". 죽은 사람은 죽은 사람이고 산 사람은 살아야 한
다.「파관」에는 구체적인 사건이 제시된다.

(상략) 왜경에게 붙들려간 형이 흠씬 두들겨 맞고 말 잔등
에 업혀오던 말발굽 소리, 관 뚜껑에 대못을 치는 소리, 관
을 메고 대문을 나서며 박이 깨지는 소리, 부적을 파고 천수
경을 외고 향을 사르고 만경 은하수 담아 옥수를 올리던 옥
천사 목탁 소리 (하략)

　—「파관」 부분

이 시는 소리 모음집이다. "불구의 오른팔을 흔들며
부르던 노랫소리"도 있고 "술 없이는 한마디 소리 내지
못한 눈물단지를 쏟아버리는 소리"도 있고 "한 생의 기
침 소리"도 있다. 그 형의 넋을 천도하는 옥천사에서 화
자는 술 한 잔 가득 따라 올리며 조문한다. 역사의 비바
람이 준 아픔이 독자의 뼈를 시리게 하는 작품이다.

저어기, 김해 만경 옥천사玉泉寺라는 절이여. 물이 을메나
맑고 시린지 절 이름이 옥천사 아니것냐. 느그 할아버지 땀
시 절을 떠났제. 남정네 따라가는디 중 옷이 뭔 필요 있것
냐. 고이 벗어 법당에 올리고 달이 훤한 산길을 내려오는디,
엄니헌테 끌려서 삭발하던 밤처럼 말여, 소쩍새가 으찌나
서럽게 울던지 말여, 눈앞을 가려서 말여. 아가, 시방 저 피
터지게 우는 소리가 소쩍새 소리 맞지야?

　—「할머니의 달」 부분

철쭉이 피면 정랑에 들어앉은 몸이야 가려줄지 모르겠다.
달빛이 지랄같이 피는 밤이면 벌떡거리는 마음은 어쩔지 모
르겠다. 오줌 떨어지는 소리가 참을 수 없는 웃음소리처럼
들려온다. 아, 해우소. 구멍 속으로 떨어진 똥덩이 한 번 제
대로 보지 못한 채 정랑을 나온다. 부목 할아버지 마대를 끌
고 미나리깡을 건너온다. 이게 뭐에요? 꽃처럼 묻자, 두엄풀
이구만, 솔가리 같은 답이 온다.

　　—「정랑淨廊」 부분

시집의 마지막을 장식하고 있는 「할머니의 달」과 「정
랑淨廊」은 이 시집에서 최고의 수준을 보여주고 있는 걸
작이다. 서정주의 『질마재 신화』와 김용택의 『맑은 날』
을 방불케 할 만큼 멋진 서사敍事가 있고 따뜻한 해한解恨
이 있다. 두 시집에 없는 청승이 있고 가락이 있다. 설화의
공간(『질마재 신화』)과 역사의 공간(『맑은 날』)에 머물지 않
고 현대적인 감각으로 토속세계를 재해석하고 있다. 시
의 소재는 할머니의 죽음과 정랑, 즉 뒷간이다. 전자는 처
연한 가락과 구수한 사투리가 시의 효과를 배가시키고 있
고 후자는 치밀한 관찰과 해학적인 묘사가 시를 살리고
있다. 두 편 다 구술의 힘을 보여주고 있다. '구술'이란
한편으로는 구제척이고 한편으로는 환상적인데 이 두 시
가 바로 그렇다. 지나간 시절의 정서를 환기시키면서 우
리의 근본(혹은 근원)을 다시금 생각하게 해준다. 이 다음

시집에는 이런 멋진 시가 더욱 많이 보이기를 기대한다.

「할머니의 달」은 생명체란 결국 생로병사의 과정을 거쳐 죽게 되어 있는 존재임을 이야기하는 작품이다. 이 굴레를 벗어날 수 없기에 보시와 사랑이 필요한 것이다. 「정랑淨廊」은 산목숨은 어떻게든 살아가야 한다는 것, 즉 인간의 '삶'이나 '生'을 이야기하는 작품이다. 목숨을 유지하기 위해 먹고 싸는 것이 인간이 하는 참으로 중요한 일이다. 이 두 편의 시를 시집의 마지막에 배치한 것이 의미심장하다. 인간은 목숨이 붙어 있는 한 살려고 애써야 하는 존재임을 말해주고자 이 두 편을 마지막에 배치한 것이라고 생각해본다.

이번 시집은 김정묘 시인이 20년 만에 내는 제3시집이라고 한다. 그만큼 내공이 담긴 시집이다. 하늘에 피워올린 연꽃의 의미를 보다 많은 독자가 가슴에 새기기를 바라며 펜을 거둔다.

하늘 연꽃

1쇄 발행일 | 2014년 03월 25일

지은이 | 김정묘
펴낸이 | 정화숙
펴낸곳 | 개미

출판등록 | 제313-2001-61호 1992. 2. 18
주소 | (121-736) 서울시 마포구 마포대로 12 한신빌딩 B-109호
전화 | (02)704-2546, 704-2235
팩스 | (02)714-2365
E-mail | lily12140@hanmail.net

ⓒ 김정묘, 2014
ISBN 978-89-94459-41-7 03810

값 10,000원